KIDS' WEST VIRGINIA ACTIVITY BOOK

ERIN TURNER

Mountain Memories Books

Charleston, WV

ANSWER KEYS

Mountain Memories Books
Charleston, WV

©2011 Erin Turner

10 9 8 7 6 5 4 3 2 1

Printed in the
United States of America

ISBN-13:
978-0-938985-30-3

ISBN-10:
0-938985-30-2

Book design by Mark S. Phillips

Distributed by:

West Virginia Book Company
1125 Central Avenue
Charleston, WV 25302
www.wvbookco.com

answers to page 38

answers to page 39

answers to page 40

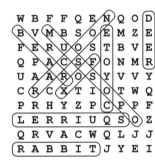

answers to page 41

answers to page 42

answers to page 43

answers to page 46

answers to page 47

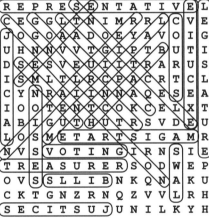
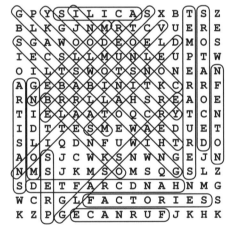

answers to page 48

answers to page 49

TABLE OF CONTENTS

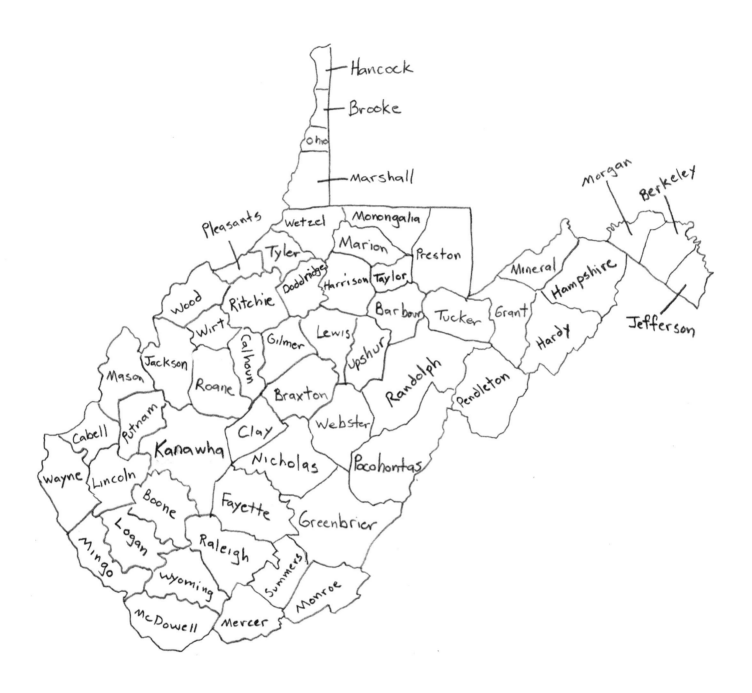

West Virginia has 55 counties.
Color the counties that you have been in.
Which county is your favorite?

Apple

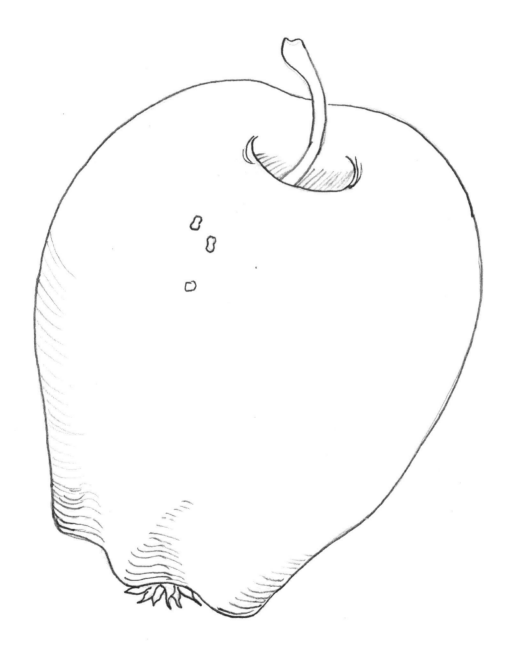

The Golden Delicious Apple is West Virginia's state fruit. Andre Mullins discovered the first Golden Delicious apple tree in 1905. All Golden Delicious apple trees have come from this one tree.

Bear

The black bear is the state animal of West Virginia.
They can weigh up to 300 pounds.

Cardinal

Our state bird is the Cardinal.
The males are bright red and have a loud whistle like call.

Dulcimer

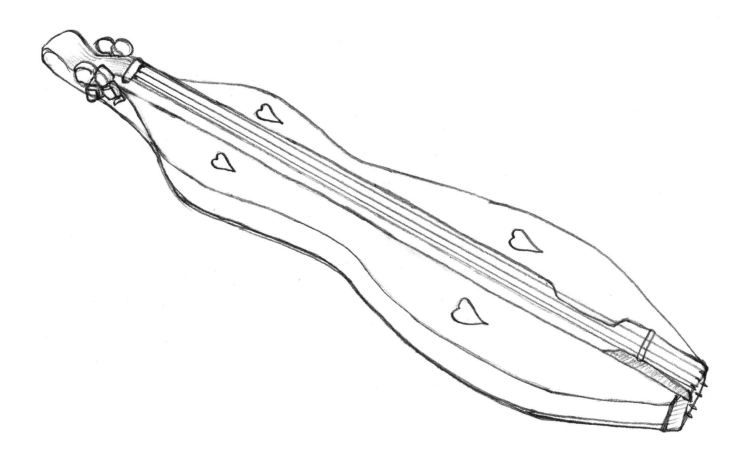

The Appalachian dulcimer is an instrument with 3 or 4 strings that you play on your lap. It is also known as the mountain or fretted dulcimer. It is often used by musicians playing the songs passed down over the generations of West Virginians.

Energy

If you look carefully, you can see lots of natural gas wells and pumps in West Virginia. Natural gas and coal are used to make electricity and fuel.

Fishing

Fishing is a popular pastime in West Virginia.
Our state fish is the Brook Trout.

Glass Making

There have been over 450 glass-making factories
in West Virginia. Many of these featured glass
blowing where molten glass is blown into bubbles with a blowpipe.
The molten bubbles are then shaped and then cooled and hardened
into glass.

Honey Bee

West Virginia's state insect is the Honey Bee.
Honey Bees are hard workers and help some plants pollinate.
They also make delicious honey.

Interstate

Interstate 77 and Interstate 64 run together from Charleston to Beckley and is part of the West Virginia Turnpike. Because of all of our mountains, this was a very hard and expensive road to build.

Jarvis

Anna Jarvis was born in 1864 in Webster County, West Virginia. She fought for nearly 10 years to make Mother's Day a national holiday. This finally happened in 1914.

Kanawha River

to Ohio

OHIO RIVER

Point Pleasant

Elk river

charleston

Gauley river

Town of Gauley Bridge

Approximately 97 miles

Kanawha River

New River

to Virginia

The Kanawha River runs from Gauley Bridge to Point Pleasant. It is about 97 miles long and is a tributary of the Ohio River (that means it pours into the Ohio River). The Kanawha River flows northwest. This is very unusual because most rivers flow south.

Log Cabin

Log cabins are simple small houses built with round logs.
The logs are notched at the ends so that the logs
can be stacked tightly together.

Mountain State

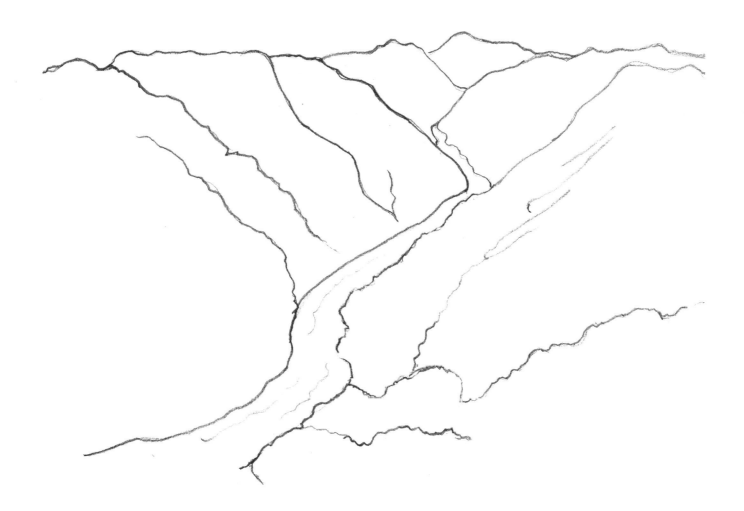

West Virginia is nicknamed the Mountain State.
Mountains cover most of the state
and we do not have very much land that is flat.

New River Gorge Bridge

The New River Gorge Bridge in Fayette County is 3,030 feet long. It is one of the longest single-span steel arch bridges in the world! At about 876 feet above the river, it is the 2nd highest bridge in the country.

One Room School House

Schoolhouses with just one room for all the children of all ages were once common. Often, the school just had one teacher.

Pioneer

Daniel Boone was a legendary frontiersman, explorer and pioneer. He was one of the first true American folk heroes. He was captured by Shawnee warriors and they made him part of their Indian tribe. He later returned and represented the people of Kanawha County in the Virginia legislature.

Quilt

A quilt is a blanket made by sewing together many pieces of fabric. They usually have a top and a bottom with stuffing in between called batting or wadding.

Rhododendron

The rhododendron is the state flower of West Virginia. The leaves are thick and waxy and the pretty flowers are usually pink, white, or purple.

Seneca Rocks

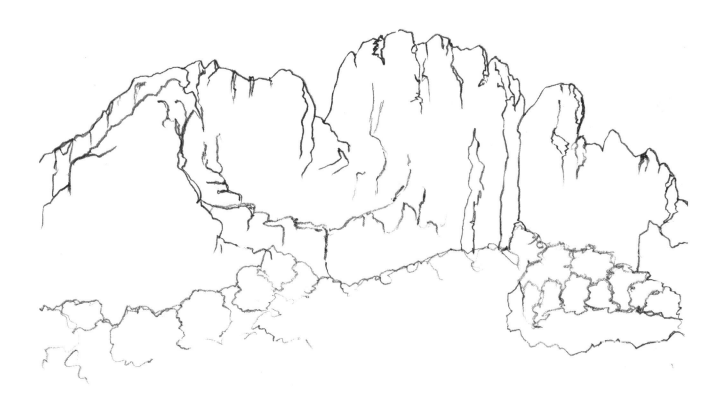

Seneca Rocks are a well-known landmark in West Virginia. They stand nearly 900 feet tall. The sheer rock walls are popular with rock climbers.

Tugboat

Tugboats are boats used to push or pull other vessels. They are very strong for their size. River tugboats have flat fronts for pushing barges. They are known as push boats.

Underground

Most coal is mined deep underground. New modern machines are run with remote controls and can do a lot of the work miners used to do by hand. Miners are still needed to run the machines and do the work the machines cannot do.

Violin

The violin is a 4-stringed instrument and is the highest pitched of the stringed instruments. The violin, sometimes called a fiddle, is a very popular instrument for playing the traditional music of West Virginia.

West Virginia

★ Charleston

West Virginia is the 35th state of the United States.
Our capital is in Charleston.

eXtreme Sports

West Virginia is a great place for lots of extreme sports. White water rafting, mountain biking, mountain climbing, and even bungee jumping are popular.

Yarn

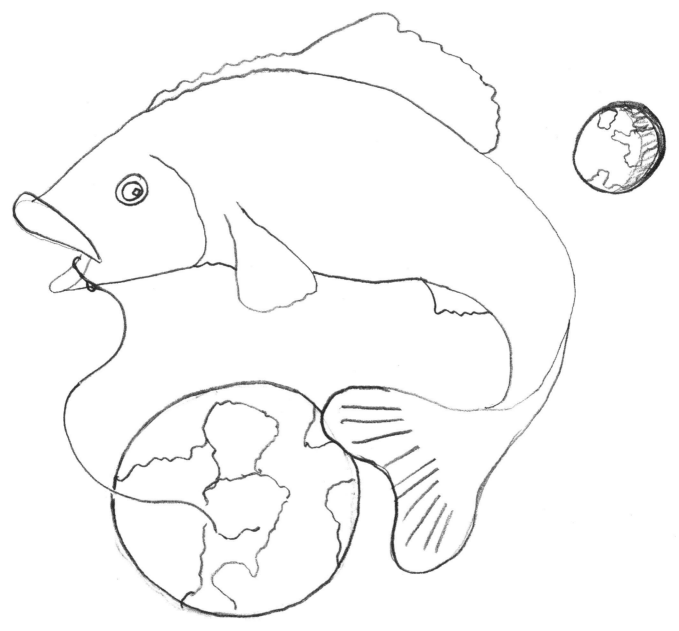

Yarn can be a heavy thread but in the mountains it can also be a tall tale. To spin a yarn is to tell a story. Every spring at the Vandalia festival, storytellers compete in the West Virginia State Liars Contest to see who can tell the best crazy story.

**Zoo**

The zoo at Oglebay in Wheeling is located in the 1,500-acre Oglebay Park.

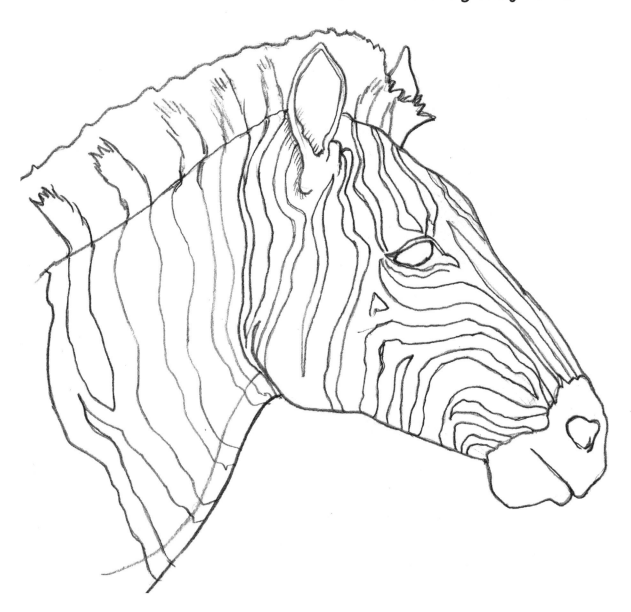

The zoo is proud of their

Zebras.

FAMOUS WEST VIRGINIANS

Stonewall Jackson was born in 1824 in Clarksburg. He was one of the most famous Confederate generals of the Civil War.

FAMOUS WEST VIRGINIANS

Chuck Yeager was born in Myra, West Virginia in 1923. He was the first pilot to travel faster than the speed of sound, which he did in 1947. He was also a great P-51 mustang fighter pilot during World War II.

A FAMOUS WEST VIRGINIA FAMILY

The Morgan Family Crest

Colonel Morgan Morgan arrived in West Virginia in 1731. He started the first permanent settlement at Cool Spring Farm. His son, David Morgan, founded Fairmont and another of his sons, Zackquill, founded Morgantown.

FAMOUS WEST VIRGINIANS

John Brown was a famous abolitionist. This means he fought to end slavery. He raided Harpers Ferry to get weapons for slaves, so they could fight for their freedom. The raid failed, but helped lead to the Civil War.

FAMOUS WEST VIRGINIANS

Mary Harris "Mother" Jones was a famous union organizer. She helped people all over West Virginia. In 1913 during the Paint Creek - Cabin Creek strike she was arrested and held in jail in Pratt, but was soon released.

••• CONNECT THE DOTS •••

Who has been eating all of the farmer's lettuce?
(Remember to follow the numbers in order.)

• • • CONNECT THE DOTS • • •

Can you help Daniel Boone find something he is missing?

AN OLD-FASHIONED JAMBOREE
WORD SEARCH

```
G G M X X K B J N E
B N H U Y W I O C I
E D I X S G C N W P
E I N G S I A O S P
L J S N G D C O N A
D G O B D O I O B W
D P I R I B L O A D
I N R E E L S C N V
F P K C K D F J J N
S S A B H O L J O T
```

Find and circle the following words:

Jigs   Dance
Reels   Music
Clogging   Banjo
Fiddle   Bass

(answers on page 2)

WEST VIRGINIA GLASS
WORD SEARCH

```
E B N N C K C E B F
S P L O V N C X S K
S K I E T A V F T F
A B S P N N A P S V
L V W R W K E X I M
G N U E U O O F T O
F F T L J U L I R L
F A C T O R Y B A T
A C I L I S V C Q E
T B L O W N D B L N
```

Find and circle the following words:

Glass	Blenko
Molten	Artists
Blown	Silica
Fenton	Blowpipe
Furnace	Factory

(answers on page 2)

"MOUNTAIN" STATE WORD SEARCH

```
R I V E R S Z Y L V
S V P F O Y Q L S A
N B K E E O I Q K L
I J E Y E H U T A L
A S Z A T T R N E E
T U L O U E S O P Y
N T O P E T Z L D D
U F V S L Z Y L Z Y
O E G D I R I M B M
M P E G H W I A X A
```

Find and circle the following words:

Mountains	Wild
Trees	Foothill
Rivers	Beauty
Ridge	Valley
Steep	Peaks

(answers on page 2)

FUN THINGS TO DO
WORD (SEARCH)

```
S S U B H W B X S B
K J T S W I M Z E R
I P N R C S K L M T
Z U X Y O D M E A K
U Q C Y F P C P G S
J L G N I H S I F W
E O Z K K T K O T L
E M G I A S V X W W
D W K O J P V P S Z
Q U B M Z B N P B W
```

Find and circle the following words:

Bicycle	Fishing
Swim	Games
Ski	Sports
Hike	Boats

(answers on page 2)

AROUND THE FARM
WORD SEARCH

```
F D K B E Z N Z N R
R G C S K I V H E L
F O R C J M A B K L
W O T R A Y S A C H
H R Q C S G V R I X
Q H T T A J X N H W
F O A Q V R C B C D
U C G I P Z T O C R
K K P S H E E P R W
P L A N T I N G T N
```

Find and circle the following words:

Cow   Haystack
Horse   Corn
Barn   Sheep
Planting   Pig
Tractor   Chicken

(answers on page 2)

WILD ANIMALS OF WEST VIRGINIA
WORD SEARCH

```
W  B  F  F  Q  E  N  Q  O  D
B  V  M  B  S  O  E  M  Z  E
F  E  R  U  O  S  T  B  V  E
Q  P  A  C  S  F  O  N  M  R
U  A  A  R  O  S  Y  V  V  Y
C  R  C  X  T  I  O  T  W  Q
P  R  H  Y  Z  P  C  P  P  F
L  E  R  R  I  U  Q  S  O  Z
Q  R  V  A  C  W  Q  L  J  J
R  A  B  B  I  T  J  Y  E  I
```

Find and circle the following words:

Bear	Coyote
Deer	Racoon
Rabbit	Opossum
Fox	Squirrel

(answers on page 2)

ANIMALS
WORD SEARCH

M V E L H E N U
C A T K S D O Y
H T F T C Z I W
X B U N N Y J A
D S N B Q R P G
A G K B F O X L

Find and circle the following words:

BUNNY

CAT

HEN

FOX

THE POTTER'S STUDIO
WORD SEARCH

V A S E Z D E F
X J U G H L B Y
Q R T I P O T Q
W P L A T E J S
O U S K M C U P
V T X B O W L N

Find and circle the following words:

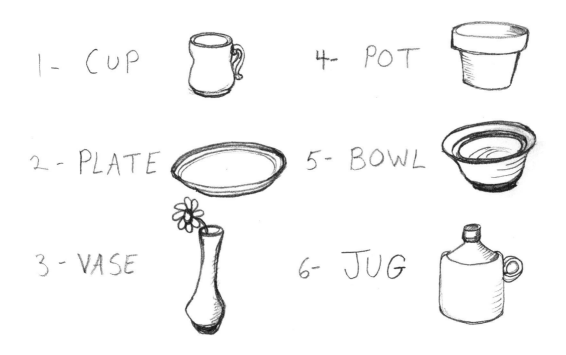

1- CUP

2- PLATE

3- VASE

4- POT

5- BOWL

6- JUG

STATE GOVERNMENT
WORD SEARCH

```
R E P R E S E N T A T I V E L
C E G G L T N I M R R L C V E
J O G O A A D O E Y A V O I G
U H N N V V T G I P T B U T I
D S E S V E U I I T R A R U S
I S M L T L R C P A C R T C L
C Y N R A I I N N A Q E S E A
I O O T E N T C O K C E L X T
A B I G U T H U T R S V D E U
L O S M E T A R T S I G A M R
N V S V O T I N G I R N S I E
T R E A S U R E R S O D W E P
O V S S L L I B N K Q N A K U
C K T G N Z R N Q Z V V L R H
S E C I T S U J U N I L K Y H
```

Find and circle the following words:

Governor	Senate	Justices	Terms
Elections	Voting	Session	Laws
Regulation	Municipal	Courts	Branch
Legislature	Representative	Constitution	
Judicial	Capital	Bills	
Executive	Magistrate	Treasurer	

(answers on page 2)

GLASS MAKING
WORD SEARCH

```
G P Y S I L I C A S X B T S Z
B L K G J N M R T C V U E R E
S G A W O O D E O E L D M O S
I E C S L L M U N L E U P T W
O I L T S W O T S N O N E A N
A G E B A B I N I T K C R R F
R N B R R L L A H S R E A O E
T I E L A A T O Q C R Y T C N
I D T T E S M E W A E D U E T
S L I Q D N F U W I H T R D O
A O S J C W K S N W N G E J N
N M S J K M S O M S Q G S L Z
S D E T F A R C D N A H N M G
W C R G L F A C T O R I E S S
K Z P G E C A N R U F J K H K
```

Find and circle the following words:

Glassware

Silica

Industry

Factories

Artisans

Color

Glassblowing

Stemware

Furnace

Blenko

Marbles

Temperatures

Fenton

Press molding

Ventilation

Stained

Molten

Technology

Handcrafted

Decorators

(answers on page 2)

BRIDGE DAY
WORD SEARCH

```
S  B  J  I  A  H  Y  C  E  N  G  L  I  T  F
R  R  G  I  S  F  U  H  M  D  A  A  S  E  E
E  I  V  M  G  P  I  F  J  V  P  U  L  K  S
P  D  V  D  E  N  E  V  J  L  Q  N  O  C  T
M  G  F  A  I  R  I  C  A  O  E  N  J  O  I
U  E  L  L  I  V  E  T  T  E  Y  A  F  P  V
J  R  O  F  J  V  F  B  U  A  Y  T  V  L  A
L  O  W  Z  T  O  M  T  O  H  T  N  X  I  L
E  U  H  A  R  N  E  S  S  T  C  O  O  A  M
M  T  D  M  Y  P  O  N  A  C  C  A  R  T  M
D  E  P  L  O  Y  M  E  N  T  E  O  R  S  L
E  N  I  L  H  G  I  H  G  B  F  N  W  A  F
W  H  H  E  L  M  E  T  E  S  A  S  E  L  P
O  G  J  Y  G  A  P  R  A  U  E  S  C  R  N
K  H  D  P  C  R  Y  T  R  Y  M  V  E  B  Y
```

Find and circle the following words:

Fayetteville	Jumpers	Platform
Bridge	Annual	Helmet
Tail pocket	Harness	Deployment
October	Base	Spectators
Parachuting	Festival	Gear
Canopy	Scenery	Highline

(answers on page 2)

ALL AROUND THE STATE
WORD (SEARCH)

```
I U V T G G T P N D G Y G E P P N H M W
H V B M A B T X A Y L N E H L O P F O Z
I Y Y U N O E N Y R I E I L T K L E U Q
A K L E H R S Z W L K L I X K P I D N K
J E V N E L S V E O I E A F N C I N D U
Y A H O L G A E M P T R R D E A E E S E
K H O T V F H G P T B N Y S F U G B V F
H W K S E W R I A L O V A E B C L O I I
F A Y E T T E V I L L E L G H U G B L G
Q N O U I G N Y D M V L N A R T R K L R
B A W L A D N I E H I O R D B O E G E U
L K X B J F E I T V L G S V R M J T B
A W E T Z E L T S G E F A I R M O N T S
C C A F A W B R N S M E T S E P I P C K
K A Y A N J E I T A I L A G N O N O M R
W N Q P B M T O W I L L I A M S O N O A
A A M R M N N A C E N E S T D U H T G L
T A U U U Z G R U B S I W E L N O C N C
E N S H G K E S F G R H O K E F P Z I H
R Q M E M U B P C L O V L S G K X B M K
```

Find and circle the following words:

Charleston	Monongalia	Bluefield	Williamson
Beckley	Wheeling	Gauley	Philippi
Wetzel	Moundsville	Fairmont	Blackwater
Kanawha	Mingo	Helvetia	Fayetteville
Elkins	Morgantown	Summersville	Blennerhassett
Logan	Clarksburg	Huntington	Pipestem
Canaan	Braxton	Seneca	
Parkersburg	Lewisburg	Bluestone	

(answers on page 2)

QUILTING
WORD SEARCH

```
C W G V K F G H Y E N S W Z G
I Y P N D N O H K C E B E O N
R Q H I I M S E H C T I T S I
B D V A E D H M N X F V X W H
A F A S E C N G S A R L C S S
F K P E S M I I K C A E P V A
Z U Y E R S B N B B M D A I S
N O W R E H E R G K E Q T N G
N N U D R G T G O T W B C U D
T E K N A L B P E I A B H A G
Q G L V E C A X N X D C W S U
L U L B A T T I N G D E O W K
E A I U N I S E I T I N R Z O
S E Q L L C O T T O N W K Y D
C N B E T C E A T S G Q S T U
```

Find and circle the following words:

Quilt	Sashing	Wadding	Blanket
Frame	Salvage	Homespun	Design
Embroidery	Thread	Stitches	Cotton
Patchwork	Batting	Fabric	
Bee	Piecing	Textile	
Binding	Sewn	Ties	

(answers on page 63)

WILDFLOWERS AND TREES
WORD SEARCH

```
S T E L O I V C T M H K S X T M W R B W
P T J T C E D A R U V U Y S L V H S E A
S G M V W R V D G H N K W R T O T A L P
M I L K W E E D E F E T H N D D E R L W
M J M S L O X X L E Y D S O J D A F F A
T I U X L O Q O G E W X D E U G B A L P
L O Q R R R W B M L L E Y S H D E S O T
C I N Q U E F O I L N D L J P C R S W N
S R S I R X E S R D F I E G Z S R A E E
D K A Y K A U F R Q L E I R U O Y S R E
O M C M C T O O R D O O L B B B R Z W R
O A Q I P A N X E L K C U S Y E N O H G
W N P M T S M A C W R D W R I Z R G E R
S D R L X R I O B B U U O R A H Y R E E
S R A B A L A O R B L K B O L C A S Y T
A A Y U O T N G D E C N X Z K N Z V A N
B K A N F E A E G I E H K Q I D K S F I
G E G S S Y R C H E E O L U K G H P R W
F A K E V X G C R N B Y M U I L L I R T
M F T J Y G R G I R O N W E E D E K S C
```

Find and circle the following words:

Greenbrier	Cinquefoil	Catalpa	Ramps
Magnolia	Teaberry	Chestnut	Wintergreen
Sunflower	Cedar	Redbud	Ironweed
Boneset	Geranium	Bugleweed	Sassafras
Milkweed	Violets	Basswood	Bellflower
Bloodroot	Trillium	Chickory	Mandrake
Honeysuckle	Pawpaw	Beggarticks	
Sycamore	Rhododendron	Elderberry	

(answers on page 63)

WEST VIRGINIA MUSIC
WORD SEARCH

```
A M B N I L O D N A M L A I Z D K T P R
C T Z L Z O U F C X A C N H F X J Q E E
O C E F U C J S J T V A O I V L F C F M
U H H T Q E E N N L S K Q U A U I E S I
S O V C R L G E A B E Y C R N T S R F C
T R F T D A M R E B U U K U S T N Q U L
I D B D Y U U B A R L L V K I L R U V U
C S I L R O L Q E S B H M V A T R Y O D
I F T T V O C A L S S U A R S D N A B M
Y V S I N G I N G Z S L U H F P E Z A C
V N S G N I R T S I D R A Y O R L V S D
I O I R T S O X C U B R R T E P E O S D
H U M A A U A U G P M N V H Q M B T Z M
L Q X X V X B N R O G Z I M K A C W S I
T R A D I T I O N A L U V S D O B R O F
A T J M W K O Y Z D E Q I S I F W Q Z D
R O D Y C J J M U U P H K T I V U D M O
G D N I K F J E C M S Y K N A V G K T Q
O W P O S Y T Z U P O V Y D I R U S W Z
L C D F T R J Z N M G S S G S D Q B L L
```

Find and circle the following words:

Acoustic	Singing	Traditional	Dulcimer
Picking	Fiddle	Rhythms	Trio
Music	Country	Guitar	Chords
Bluegrass	Festival	Rural	Dobro
Gospel	Mandolin	Instrumental	Quartet
Bands	Mountain	Harmony	Frets
Banjo	Vocals	Duet	
Blues	Bass	Strings	

(answers on page 64)

COAL
WORD SEARCH

```
D T P M M N N E T P R S Q H U L Z B R U
H E A T O F N A R R K P U N Y S G I E B
S E U B W I S O N C G D E P O S I T S Y
S U R U L G D U A T E T I N G I L U E D
W A O E J U S T K L H R Y M F Q R M R N
C N P N C H S E R T E R G A M F N I V U
L I C T I E N Z P N S C A F A B C N E O
P U I W K M E L E C T R I C I T Y O S R
H O G O S L U R R Y F C E G I B J U L G
N C M W C R G T D A C U S N T Z S A R
I S B U B Y N X I G H O U D T I E A O E
S N O I S S I M E B S K Q S O O N R C D
G V D L E E T S W A B E B R I R K I M N
R Y N U U M N R H R B U J E C P P E M U
H B Y V S Q C I V G H E S B D Y D Y R D
M S Y O C T R D M E D I O B Y S K K B N
Q A W Y M M R W X S V W I U O U K W Z S
E B D I M D D Y T C U V C R A E L F G I
S J Z S D U A A K X J G F C C C D I S R
O U D C O M J Q F U S V D S U R L Z I E
```

Find and circle the following words:

Coal	Byproduct	Slurry	Deposits
Surface	Bituminous	Production	Industry
Steel	Seam	Heat	Beds
Anthracite	Scrubbers	Stoker	Mines
Underground	Subbituminous	Barges	Coke
Emissions	Shafts	Energy	Reserves
Lignite	Smokestacks	Electricity	
Mining	Carbon	Pipeline	

(answers on page 64)

SKI SLOPE MAZE

START

Two friends were learning to ski.

They practiced on the bunny slopes all day. Now they are ready for the "Salamander," Timberline's famed long green slope.

Somehow the skiers have become lost! Can you help them back to the lodge? Watch out for those black diamond slopes.

Easiest — Bunny
Easy — Green
Medium — Blue
Hard — Black Diamond
Crazy Hard! — Double Black
Diamond

WHITEWATER RAFTING MAZE

Start

Help the whitewater rafters get through the tricky
class VI rapids on the Gauley River.

RAMP FEST MAZE

Thousands of people go to the Feast of the Ramson
or Ramp Fest every year. They love to eat the foods
cooked with ramps. Help them along
by marking the path to the Fest.

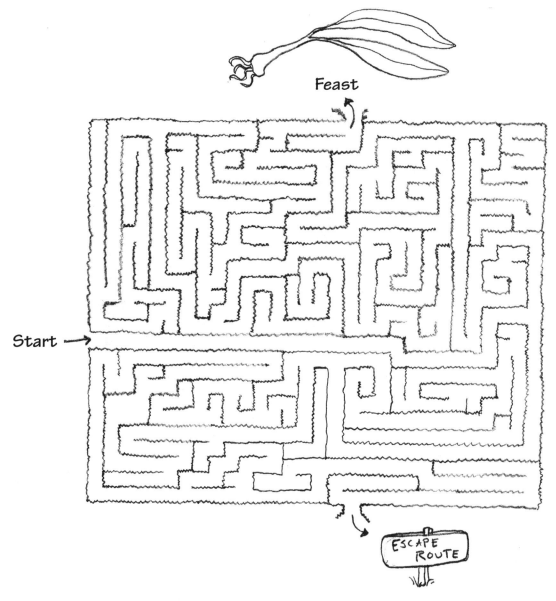

Feast

Start →

ESCAPE
ROUTE

Whew! What's that smell!
Ramps have a strong pungent odor and a strong taste.
Some people would rather stay away
from this mountain tradition. Help them escape!

FIRST GOLF COURSE MAZE

Help this sheep
to find her friends.
Watch out for sand traps!

Oakhurst Links was the first golf course in
the country. They still have sheep on the
course to help keep the grass short.

MONARCH MAZE

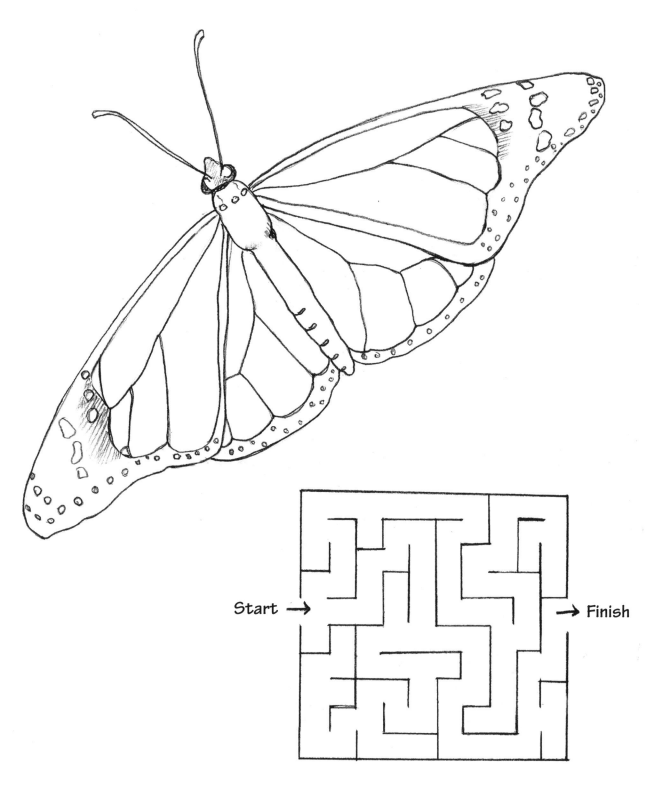

Start → → Finish

West Virginia's state butterfly is the monarch.
The monarch travels south to Mexico every winter.
Help the monarch find her way back to her West Virginia home.

SUGAR MAPLE MAZE

Help this sugar maple leaf find its way to the ground for winter.

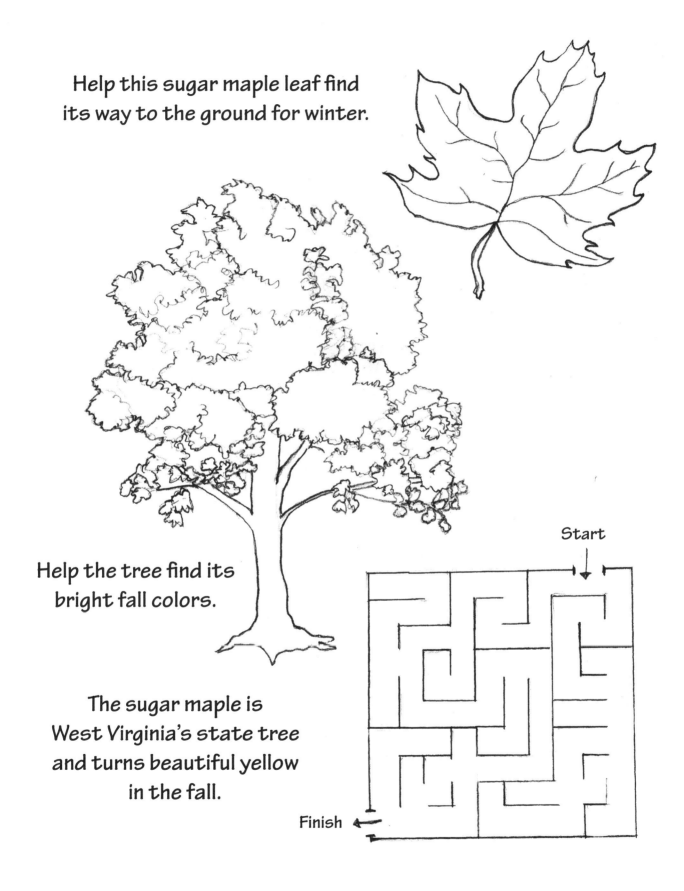

Help the tree find its bright fall colors.

The sugar maple is West Virginia's state tree and turns beautiful yellow in the fall.

Start

Finish

EASY QUILT PATTERN

2	1	2		2	1	2
1	2	1		1	2	1
2	1	2		2	1	2

1	2	1		1	2	1
2	1	2		2	1	2
1	2	1		1	2	1

2	1	2		2	1	2
1	2	1		1	2	1
2	1	2		2	1	2

Color all the "1" squares the same color.
Pick a second color and fill in all the "2" squares.

MEDIUM QUILT PATTERN

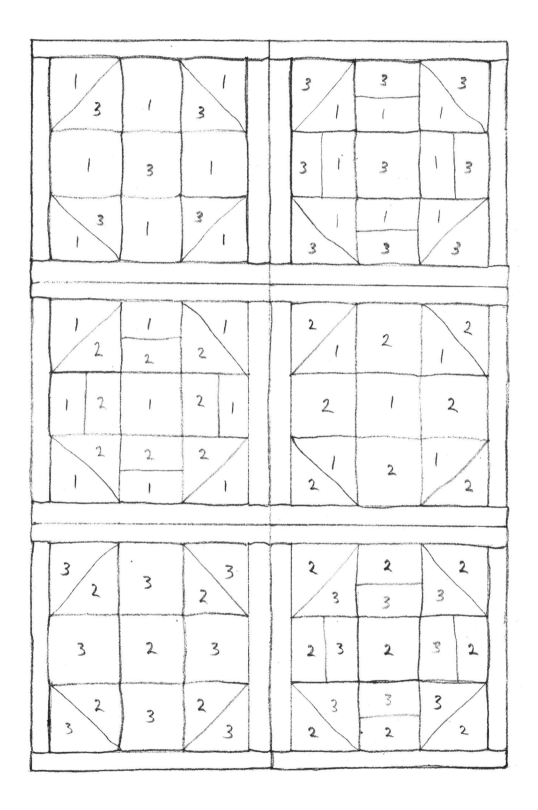

Color all shapes with the same number the same color.

ADVANCED QUILT PATTERN

Color all shapes with the same number the same color.

WHAT DO YOU REMEMBER?

See if you can fill in the blanks.

West Virginia is the _____th state.

_____ is our capital.

The _____ _____ _____ bridge is one of the tallest and
longest in the country.

The first pilot to travel faster than the speed of sound was _____
_____.

Mary Harris "Mother" Jones was once jailed in _____.

_____ _____ was a famous Confederate general.

_____ _____ was once captured by Shawnee warriors.

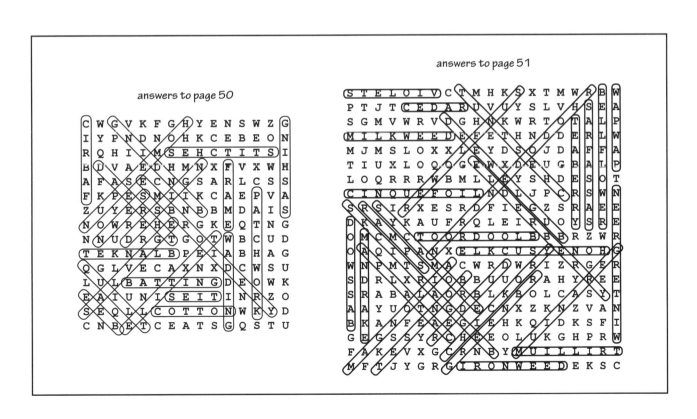

answers to page 50

answers to page 51

HOW MUCH CAN YOU REMEMBER?

Match each number to a letter by connecting them with a line.

1. State Bird

2. State Flower

3. State Insect

4. State Tree

5. State Animal

6. State Fruit

7. State Fish

8. State Capital

A. Charleston

B. Black Bear

C. Brook Trout

D. Golden Delicious Apple

E. Rhododendron

F. Cardinal

G. Honey bee

H. Maple

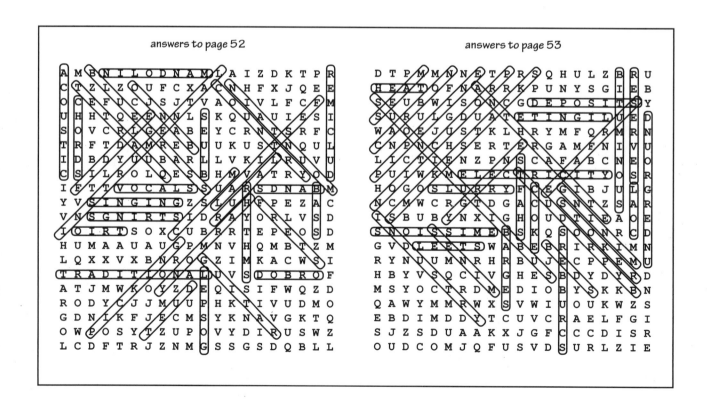